欢迎你,新同桌

[日]花田鸠子 / 著　[日]藤原宏子 / 绘　王昕昕 / 译

吃完晚饭，我回到自己的房间。床上放着我的泳裤和泳帽，妈妈已经帮我洗好了。

我是从两个月前开始学习游泳的，现在正在犹豫要不要继续学下去。游泳班上的同学们，虽然年纪比我小，但是都学得很快，只有我一点儿进步也没有。所以，我越来越不喜欢上游泳课了。

这件事我还没有跟爸爸妈妈讲,只告诉了哥哥阿诚。哥哥听完有些惊讶:"小光,你这么轻易就放弃呀?"

确实,我也觉得这样不好。心里犹豫着,我拿起床上的泳裤和泳帽,连同浴巾一起塞进了包里。

第二天早晨,跟我结伴去上学的真真问我:"小光,我们班是下周一换座位,对吧?"

"嗯,大介老师是这么说的。"

"太好了！我一直在期待这学期能换座位，因为我的同桌健太实在太过分了，他总是随意用我的铅笔和橡皮。"真真气恼地说。

我就坐在健太的后面。上美术课的时候，他也经常不打招呼就用我的剪刀和胶水。

我刚走进教室，后排的玲娜就问道："嘿，小光！要换座位了，是不是又兴奋又忐忑？你想和谁坐在一起呀？"

"我无所谓。"虽然嘴上这么说,但实际上我心里希望真真能做我的同桌,或者坐在我附近。

这时,我听见了健太的喊声:"小光,新闻、新闻!"

这家伙真是吵得慌。他一进教室,就跑到我跟前,两只手撑在我的桌子上,说:"大新闻!"

无论什么事,健太都喜欢说成是大新闻,来引起大家的注意。

"哎呀！小光，你不知道？！果然只有我一个人知道。"健太很得意，抽动着圆圆的鼻子说，"听说我们班要来一个转学生！"

"啊！是男生还是女生？性格怎么样？"玲娜探过身来问。

"是男生,我看到他跟着大介老师去了校长办公室。其他的我就不知道了。"健太耸了耸肩,看着我旁边的空位说,"前几天,小光的同桌阿昌不是搬走了吗?他会不会像阿昌那样?"

"啊?我可不喜欢阿昌那样的……"我轻声说了一句。

大家都齐刷刷地看向我。

"因为、因为……我其实有些害怕跟阿昌相处。"

"不会吧？！"玲娜吃惊得张大了嘴巴，"真不敢相信！小光，你和阿昌不是好朋友吗？你们是同桌，又经常一起玩。"

确实像玲娜说的那样，之前，我和阿昌总是形影不离。

"可是，阿昌在我面前总是一副傲慢自大的样子。"我低下了头。

"嗯，好像确实是这样。阿昌会大声地取笑小光，还总让小光帮他拿着东西，是吧？"小亮看着旁边的玲娜说。

"小光都会笑着应和，所以我还以为他们俩是在闹着玩呢。"

"小光，你别担心，又不是阿昌回来了。"真真柔声说道。

"可是，说不定新同学跟阿昌很像呢。这个位置刚好空着，他会坐在这里吧？"我咚咚敲了敲自己旁边的桌子。

"没事的。阿昌是阿昌，新同学是新同学呀。"小亮说完，玲娜赞同地点点头。

上课的铃声响了。大家赶忙回到自己的座位上,我也赶紧把书包放好。

大介老师走进了教室,他的后面跟着一个男生。

教室里一下子嘈杂起来。

那个男生好像有些紧张,一直往高大的大介老师身后藏。

"这是我们班的新同学,他的名字叫……对了,你自我介绍一下吧。"

大介老师看着男生,朝他点了点头,让他站到自己的前面来。

男生的皮肤被晒得有点儿黑,大大的眼睛滴溜溜地转着。"我叫小海。"说完,他就马上低下了头。

大家还在等着他继续说点儿什么，可是他只说了自己的名字就没再开口了。

大介老师在黑板上写下大大的"小海"两个字，然后说："就像小海的名字一样，他在海边出生、长大，不仅擅长游泳,还会潜水呢!"

"老师、老师,我游泳也很棒!我在游泳班的专业组呢!小光也在那个游泳班,不过他游得没我好,对吧,小光?"健太大声地说道。

真是多嘴!为什么要在这个时候特意提到我,提到学游泳的事呢?!我在心底抱怨。健太真是让人恼火。

"真厉害！老师也非常喜欢大海，可是到现在都还不会游泳。听说小海跟海豚的关系很好，还一起游过泳呢！对了，老师的目标就是能像海豚那样畅快地游来游去。"大介老师一边发出"嗖嗖"的声音，一边伸直手臂，模仿起海豚的动作来。

一直沉默着的小海这才微笑起来。

"哇！跟海豚一起游泳，太厉害了！"健太喊道。

教室里的气氛活跃起来。

我都没见过野生的海豚呢。

"我们以后再请小海好好讲一讲海豚的故事吧。小海，阿昌同学转学了，他的座位空了出来，今天你就先坐在那里吧。小光，小海就拜托你照顾一下了。"

看吧，我就知道会这样！我不禁叹了口气，把我的椅子哐当一声往旁边移了移。

小海走过来,看了我一眼,轻轻地拉出椅子坐了下来。

"老师!"我索性举起手问道,"下周一班里换座位,顺序是怎么决定的呢?是按照点名册吗?还是……"

我还没有讲完,健太就大声嚷

嚷道:"老师、老师,难道是抽签决定?"

周围的同学也纷纷议论起来,教室里闹哄哄的。

这时，大介老师举起手，对大家说："同学们，老师认为，教室首先应当是一个让大家感到舒适的地方。"

"啊？这是什么意思？我不明白。"健太歪着头问道。

"一个星期里，你们有五天要来学校，对吗？早上，大家打开门走进教室，然后在这里学习、交谈……除了睡觉之外，一天之中大家有大半的时光是在教室里度过的，所以，教室首先应当是一个让大家感到舒适的地方。老师觉得这是最重要的。"

玲娜站了起来，说："我觉得，坐在自己周围的，最好都是自己喜欢的或者关系好的同学，对吧，小光？"

她突然问到我。

"可是……可是，抱着这样的心态，如果换完座位，发现周围没有跟自己要好的同学，那可怎么办？会很不开心吧？"

"我才不会那样。"玲娜气鼓鼓地说。

"还是抽签好!"健太觉得自己的提议很好。

"可是,如果个子高的同学抽到了前面的座位,个子矮的同学抽到了后面的座位,那么后面的同学就看不到黑板上的内容了。这样不

是影响学习吗?"真真说。

"虽然是这样……"健太有些不满地噘起了嘴。

"老师希望通过这次换座位,跟同学们一起将这间教室变成让大家都感到舒适的地方。"大介老师环视教室,缓缓说道。

"啊,这块也太大了!小光,这是你切的吧?有大有小的。"吃晚饭的时候,哥哥举着勺子里的一块胡萝卜问我。

"才不是呢!今天我负责切土豆,还有尝味道。"

我们家每个月都会安排一个星期天,作为"家庭咖喱制作日"。妈妈负责准备食材,其他的由爸爸、哥哥和我分工完成。

"我今天负责切洋葱和煮咖喱。那胡萝卜是……爸爸切的吧?"

"没错,今天爸爸负责切胡萝卜,还有拌沙拉。"爸爸说着,舀起一勺热乎乎的咖喱饭,呼呼吹了几口。

"啊,这些胡萝卜切得有大有小,真有趣!"妈妈又盛了一碗。

"同意,同意。"在高中教美术的爸爸笑着说,"如果所有东西都长一

个样子的话，岂不是很没意思？大家各不相同才好，更有艺术性。"

"是呀!不管人还是物,都没有一模一样的。像我们家里,阿诚做事一丝不苟,而且细致周到;小光虽然是个慢性子,但是温柔体贴。你们虽

然性格不同,但是都有自己的长处。"
妈妈似乎心情很好,那架势像是还要再来一碗。

"说有艺术性,是不是有点儿夸张了?"我小声地对哥哥说。

哥哥连连点头:"胡萝卜虽然切得形状不同,但味道还可以吧?"

"嗯,味道不错!"

我跟哥哥像是在比赛一样大口大口地吃了起来。

星期一，我跟小亮一起走进教室。
教室里有些乱哄哄的。
见小海背着书包站在走道里，小亮问道："小海，怎么了？"

"嗯……那边……"小海有些为难地用手指了指。

原来,健太占用了小海的座位,正旁若无人地面朝后坐着,跟玲娜说话呢。

"健太，你让开，那是小海的座位。"

"有什么关系呀，这里还不知道会是谁的座位呢！"健太瞪着小亮和小海，不情不愿地站起来。

这时，大介老师走进教室，站到了黑板前面。他的手里拿着一张被卷成细长轴状的大大的白纸。

喧闹的教室一下子安静下来。

这一瞬间，我紧张得心扑通扑通直跳，整个人僵在座位上，只有眼珠还在不停地转动，悄悄地观察着周围的情况。大家都把自己手上的东西放在了书桌上,一个个坐得端端正正的。

"同学们,早上好!"大介老师将手中的纸展开,固定在黑板上,"这是新的座位表。"

"哇,太幸运了!"

"啊?什么?!"

教室里一下子各种声音此起彼伏。

我的座位在哪儿呢？我仔细看着黑板上的座位表。找到了！在靠门那边的第一列、第二排。

旁边是……啊？怎么还是小海？为什么会这样？我一点儿都不了解小海，如果他像阿昌那样的话……我的心又开始扑通扑通乱跳。

我悄悄看了眼旁边，小海也挺直了背，正盯着黑板看。可能小海也因为不了解我，所以在紧张呢。

啊，我前面坐的是真真和小亮，太好了！我松了一口气。

健太呢？他的座位在靠窗那一列的第一排。

"为什么？为什么让我坐在那里？"健太指着座位表说。

健太的后面坐的是玲娜。

"呀，不要！又跟你靠在一起。"玲娜站起来瞪着健太说。

老师伸出双手，示意大家安静下来："大家确认好了自己的座位，就开始换位吧！"

同学们都抱着各自的东西，搬到了新的座位上。

"啊，这里塞着好多纸呀！原来是谁坐在这儿？"搬到健太原来座位上的同学看着桌洞，大声地问道。

"同学们，请再检查一下自己原来的座位上还有没有东西，别给搬过来的同学留下什么'见面礼'。"大介老师在教室里来回走着，提醒大家。

我的新座位虽然桌洞里空空的，但桌面上全是橡皮屑。

"这个掉在桌子下面了,是小光你的吧?"坐到新座位后,小海将一支铅笔递了过来。

"啊,是我的!"这支黄色、带笔帽的铅笔,是哥哥在我刚上小学

的时候送给我的,我一直很珍惜,没弄丢真是太好了。

"谢谢!"我接过笔,对小海说。

小海微笑着点点头。

（数据截至 2022 年 11 月 15 日）

等教室里安静下来,大介老师问道:"哪位同学知道,世界上有多少人口?"

"人口,是指人数吗?"健太问。

大介老师点点头。

没有同学举手。

"世界上的人口大约有80亿,而日本的人口超过1亿2000万。"

"哇,这么多!"

"人口这么庞大,却没有一个人与另一个人是完全相同的。这看起来理所当然,但仔细一想,是不是很不可思议？"

教室里又响起了议论声。

"我们班一共有36名同学，大家都不一样。正是因此，每个人才显得那么独特。这次换座位也许不能让所有同学都满意，但希望大家能多多发现身边同学的优点，或是你们志趣相投的地方。我相信一定会有的。如果大家都能找到就太好了。"

虽然我暂时还没有找到跟小海志趣相投的地方，但是小海看起来并不像阿昌那样傲慢自大。

我看向小海,发现他也正看着我。

午休时间，我来到操场，看到小海正抬头望着天空。我决定主动一点儿，于是走上前问他："你在干什么呢？"

"啊，小光你看，那片云好像一只海豚！"

"哇，真的呢！那边是海豚的头，那里是海豚的尾巴。"我用手指着天空说。

小海轻轻地点点头。

"小海,真正的海豚是不是很大?人靠近的时候,它们会害怕吗?"

"当然啦,如果强行靠近的话,海豚会害怕的。我爷爷说过,本来就是我们人类闯进了海豚的世界,所以我们不应该再去打扰它们。"

"这样啊!"我又抬起头,看向那朵海豚形状的云彩。

"在我还没上小学的时候,爷爷经常会带着我坐船出海。有两只海豚每次都会游过来,它们一只叫洛卡,一只叫艾鲁。我很想跟它们一起玩,可那时候我还不太会游泳。"

"小海,你刚开始的时候也游不好吗?"

"是呀!但是,因为特别想跟洛卡和艾鲁成为朋友,所以我很努力地跟爷爷学习游泳。"

"海豚的脸长得有区别吗?"

"每只海豚都是不一样的。它们长得不一样,性格也不一样。"

"海豚很聪明,对吧?那洛卡和艾鲁都能记得你吗?"我问小海。

"嗯,记得!后来我们就成了朋友。"

"小海,你真的很喜欢海豚呢。"
"我什么动物都喜欢!"
一阵风吹来,海豚形状的云彩被拉长,渐渐变得稀薄了。

这天放学后,我正收拾东西准备回家,小海对我说:"小光,要不要来我家玩?我妈妈也想邀请你。"

"可以吗?"

"当然啦!"小海高兴地答道。

小海的家就在学校附近一栋新建的公寓楼里。

"我以前的家在一座小岛上。因为爸爸调动工作,所以我们搬到了这里。"

"从岛上的家里可以看到大海吗?"

"嗯!从我房间的窗户望出去就是大海,还能听见海浪的声音。所以,直到现在,我每天早上起床后还是会习惯性地先拉开窗帘,看

看窗外。"小海留恋地看着挂在墙上的照片。

有一张照片是一轮大大的太阳正从岩石之间升起。

还有一张照片是几只海豚正在碧蓝的大海里游着。

"我的右边是艾鲁,左边是洛卡。"小海指着柜子上的照片说。

照片上是戴着泳镜的小海和两只海豚,他们看上去像是正在愉快地交谈着。

"真好,我也想像小海一样,游得那么好。"我说。

"你可以的。我也是经过不停的练习才变得熟练的。只要反复练习,很快就能学会的。放心吧!"小海坚定地说。

"嗯,你说的对。"说着,我们俩都笑出了声。

晚上,因为爸爸回来得迟,家里就我们三个人一起吃晚饭。

"前几天我们班换座位了,我的新同桌是刚刚转学过来的,叫小海。小海可厉害了,他在海边出生、长大,

跟海豚是好朋友!"

"能跟海豚做朋友,真棒啊!"妈妈一边说,一边将烤盘上的肉翻了个面。

"哇,那可真酷!"哥哥瞪大了眼睛。

"嗯!这块烤好了吧?"我把烤好的肉夹起来塞进嘴里,"小海知道的很多,他给我讲了许多关于海洋和动物的事情,而且他的性格也很好。"

"那可真好。小光,你们要好好相处哟!"哥哥说。

吃完晚饭，我回到房间，悄悄对哥哥说："我决定继续去上游泳课。总有一天，我也能像小海那样，跟海豚们一起游泳。"

哥哥笑了起来，像往常一样连连点头。

图书在版编目(CIP)数据

欢迎你，新同桌 / (日) 花田鸠子著；(日) 藤原宏子绘；王昕昕译. —— 青岛：青岛出版社，2023.3
ISBN 978-7-5736-0863-5

Ⅰ. ①欢… Ⅱ. ①花… ②藤… ③王… Ⅲ. ①儿童故事 - 图画故事 - 日本 - 现代 Ⅳ. ①I313.85

中国国家版本馆 CIP 数据核字 (2023) 第 028319 号

BOKU NO SEKIGAE
Text Copyright © 2020 by Hatoko HANADA
Illustrations Copyright © 2020 by Hiroko FUJIWARA
All rights reserved.
Original Japanese edition published by PHP Institute, Inc.
This Simplified Chinese edition published by arrangement with
PHP Institute, Inc., Tokyo in care of Tuttle-Mori Agency, Inc., Tokyo
through Future View Technology Ltd.

山东省版权局著作权合同登记号　图字：15-2021-224 号

		HUANYING NI, XIN TONGZHUO
书　　名		欢迎你，新同桌
著　　者		[日] 花田鸠子
绘　　者		[日] 藤原宏子
译　　者		王昕昕
出版发行		青岛出版社（青岛市崂山区海尔路 182 号，266061）
本社网址		http://www.qdpub.com
邮购电话		0532-68068091
责任编辑		王　佳
封面设计		夏　琳
照　　排		青岛可视文化传媒有限公司
印　　刷		青岛乐喜力科技发展有限公司
出版日期		2023 年 3 月第 1 版　2023 年 5 月第 2 次印刷
开　　本		24 开（889 mm × 1194 mm）
印　　张		$3\frac{1}{3}$
字　　数		40 千
审 图 号		GS 鲁（2022）0196 号
书　　号		ISBN 978-7-5736-0863-5
定　　价		25.00 元

编校印装质量、盗版监督服务电话　4006532017　0532-68068050